juin 89

REJETÉ
DISCARD

1695 RB

Une nuit en ville

Texte et illustrations
Caroline Merola

BEACONSFIELD
BIBLIOTHÈQUE • LIBRARY
303 Boul. Beaconsfield Blvd., Beaconsfield, PQ
H9W 4A7

Les 400 coups

Nous remercions le Conseil des Arts du Canada de l'aide accordée à notre programme
de publication, et la SODEC pour son appui financier en vertu du Programme d'aide
aux entreprises du livre et de l'édition spécialisée.

Nous reconnaissons l'aide financière du gouvernement du Canada par l'entremise
du Programme d'aide au développement de l'industrie de l'édition (PADIÉ)
pour nos activités d'édition.

Gouvernement du Québec – Programme de crédits d'impôts
pour l'édition de livres – Gestion SODEC

Une nuit en ville
a été publié sous la direction de Paule Brière.

Design graphique : Mathilde Hébert
Révision : Marie-Josée Brière
Correction d'épreuve : Micheline Dussault

Diffusion au Canada
Diffusion Dimedia inc.

Diffusion en Europe
Le Seuil

© 2006 Caroline Merola
et les éditions Les 400 coups
Montréal (Québec)

Dépôt légal – 2e trimestre 2007
Bibliothèque et Archives nationales du Québec
Bibliothèque et Archives Canada

ISBN 978-2-89540-261-9

Loi 49-956 du 16 juillet 1949 sur les publications destinées à la jeunesse.

Toute reproduction, même partielle, de cet ouvrage est interdite. Une copie ou reproduction par quelque
procédé que ce soit, photographie, microfilm, bande magnétique, disque ou autre, constitue une contrefaçon
passible des peines prévues par la loi du 11 mars 1957 sur la protection des droits d'auteur.

TOUS DROITS RÉSERVÉS.
Imprimé au Canada
sur les presses de Imprimerie Lithochic.

Catalogage avant publication de Bibliothèque et Archives nationales du Québec
et Bibliothèque et Archives Canada

Merola, Caroline
    Une nuit en ville
    Pour les jeunes.
    ISBN 978-2-89540-261-9
    I. Titre.

PS8576.E735N84 2007   jC843'.54   C2007-940728-5
PS9576.E735N84 2007

Pour Robert et Colombe,
mes précieux amis

Quand le Bagou arrive en ville,
il est onze heures du soir.

L'endroit lui est totalement inconnu. C'est parfait.
Le Bagou a toujours rêvé de découvrir un endroit
totalement inconnu.

Dans la grande ville, tout lui semble fabuleux ;
la hauteur des bâtiments, la rue noire et lisse,
et surtout la lumière partout.

Rien n'est aussi beau en forêt !

Au détour d'une rue, le Bagou aperçoit à une fenêtre
la petite silhouette d'un enfant. C'est Martha.
Il est tard, oui, mais Martha guette depuis des heures
l'arrivée de la souris des dents.

En apercevant le Bagou, elle s'étonne :

– Tiens, je ne savais pas que cette souris était si
grosse et qu'elle avait des cornes et des rayures !

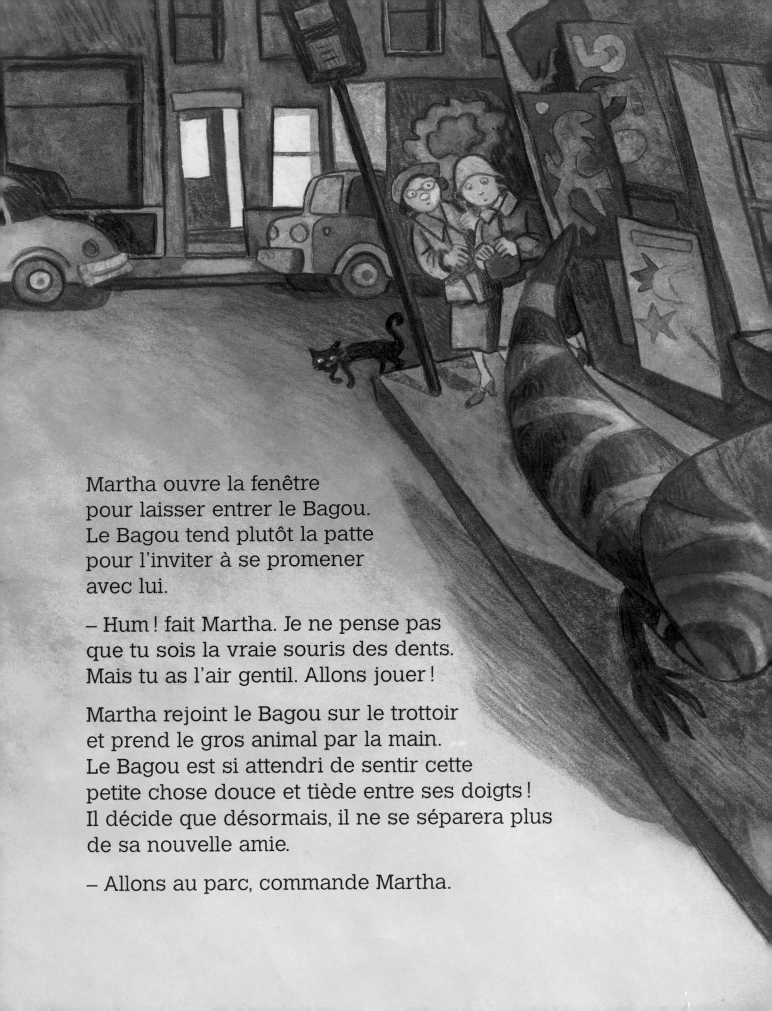

Martha ouvre la fenêtre
pour laisser entrer le Bagou.
Le Bagou tend plutôt la patte
pour l'inviter à se promener
avec lui.

– Hum ! fait Martha. Je ne pense pas
que tu sois la vraie souris des dents.
Mais tu as l'air gentil. Allons jouer !

Martha rejoint le Bagou sur le trottoir
et prend le gros animal par la main.
Le Bagou est si attendri de sentir cette
petite chose douce et tiède entre ses doigts !
Il décide que désormais, il ne se séparera plus
de sa nouvelle amie.

– Allons au parc, commande Martha.

Évidemment, le parc est désert.

Martha et le Bagou grimpent
dans les arbres, glissent
et se balancent. Le Bagou
est tellement heureux !
Il voit rire Martha et il rit lui aussi.

Au bout d'un moment, Martha dit :

– Viens, allons nous baigner !

La piscine est fermée, bien sûr.
Le Bagou prend Martha sur son dos
et escalade la haute clôture. L'endroit
est éclairé comme en plein jour.
Ils jouent à la chasse aux requins,
à la course aux serpents de mer.

Personne pour leur dire quoi faire !
C'est mieux qu'un rêve,
c'est extraordinaire !

Au bout d'un moment, Martha dit :

– Maintenant, allons courir dans la rue !
Non, allons plutôt manger. J'ai faim !

Cette fois, c'est un peu plus compliqué.
Il est très tard. Passé minuit, sans aucun doute.
Tous les restaurants, toutes les épiceries
sont fermés depuis longtemps.

– J'ai une idée ! fait Martha. Je connais un magasin
de bonbons. Je vais te montrer le chemin.
Prends-moi dans tes bras, je suis fatiguée.

C'est une grande joie, pour le Bagou,
de porter Martha. Elle sent si bon !

Devant la boutique, Martha dit :

– Dépose-moi. Et ouvre la porte.

Le Bagou tente de tourner la poignée, il la secoue,
mais la porte est verrouillée. À l'intérieur, tout
est sombre. La petite fille se fâche. Enivrée par toutes
les folies de la nuit, Martha a perdu son bon sens.
Elle crie et tape du pied.

– Ouvre, voyons ! Pousse, défonce ! Moi, je ne peux pas,
je suis trop petite. Mais toi, tu es grand, tu dois être fort !
Regarde tout ce qu'il y a à l'intérieur : des chocolats,
des caramels, des sucettes de toutes les couleurs !
Ouvre, ou je retourne chez moi et je ne joue plus
avec toi !

À ces mots, le Bagou frissonne. C'est bien la dernière chose qu'il désire ! Alors, d'un grand coup de queue, il brise la porte du magasin. Un épouvantable vacarme résonne dans toute la rue !

Martha s'en fiche. Elle passe devant le Bagou et se jette sur les paniers remplis de sucreries.

Le Bagou, qui n'a pas vraiment faim, goûte une sucette au hasard. C'est un goût nouveau, pas mauvais du tout !

Mais leur bonheur
est de courte durée.

Une sirène se fait entendre
et une grosse voiture s'arrête
devant la vitrine. Deux grands
policiers débarquent dans
la boutique.

– Bon sang ! C'est quoi cette saleté ?
s'exclame le premier policier
en voyant l'animal.

– C'est un Bagou, répond
son coéquipier. Méfie-toi,
Bob, c'est une bête
sauvage. Ce monstre
est peut-être enragé !

Mais le Bagou ne se sent
ni enragé, ni sale, ni sauvage,
ni monstrueux. Il transpire de peur,
lui qui est pourtant un animal
à sang froid !

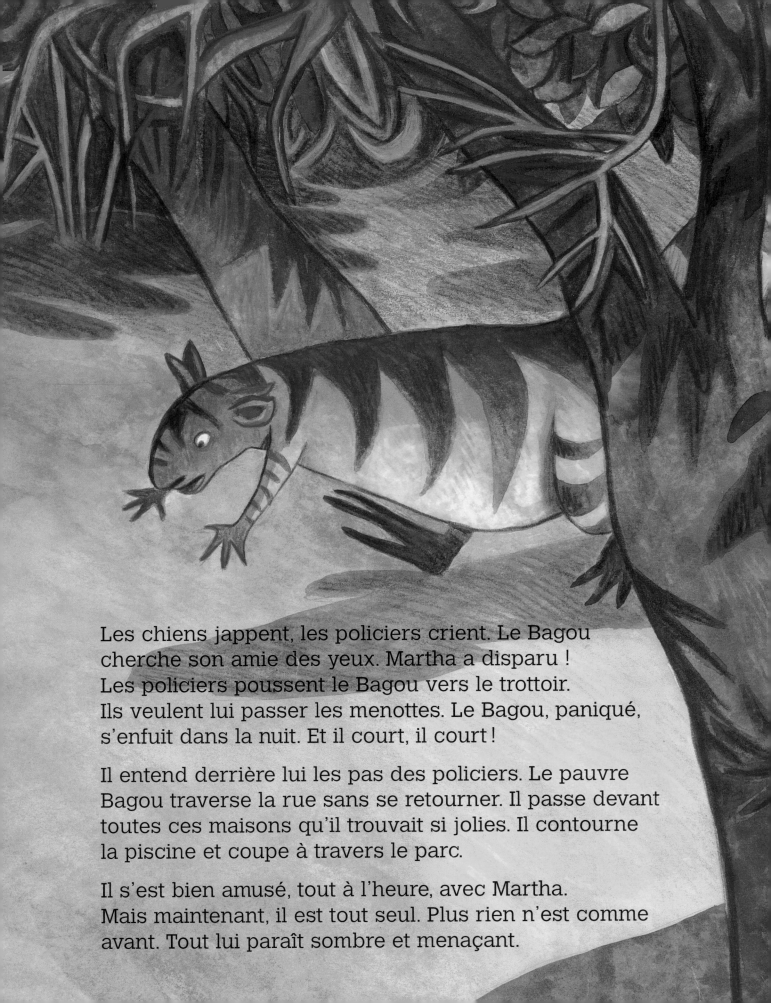

Les chiens jappent, les policiers crient. Le Bagou
cherche son amie des yeux. Martha a disparu !
Les policiers poussent le Bagou vers le trottoir.
Ils veulent lui passer les menottes. Le Bagou, paniqué,
s'enfuit dans la nuit. Et il court, il court !

Il entend derrière lui les pas des policiers. Le pauvre
Bagou traverse la rue sans se retourner. Il passe devant
toutes ces maisons qu'il trouvait si jolies. Il contourne
la piscine et coupe à travers le parc.

Il s'est bien amusé, tout à l'heure, avec Martha.
Mais maintenant, il est tout seul. Plus rien n'est comme
avant. Tout lui paraît sombre et menaçant.

Pauvre Bagou sans défense, qui n'a fait qu'agir
selon son cœur trop tendre. Il est essoufflé, il ne sait
pas où se cacher. Les policiers le retrouvent.
Voilà, la belle soirée est terminée !

– Allez, gros bêta, on t'emmène au poste ! Finies,
les fantaisies !

Soudain, une petite ombre surgit derrière eux.
C'est Martha ! Martha qui s'était cachée en voyant
arriver les policiers. Martha qui a eu honte
de sa lâcheté et qui les a rattrapés.
Elle court vers le Bagou
et l'entoure de ses bras.

– Ce n'est pas un gros bêta ! C'est le plus gentil
de mes amis !

La petite fille raconte alors toute la vérité,
rien que la vérité, aux policiers.

Les deux hommes écoutent avec sérieux.
Puis, ils décident d'aller sonner chez Martha.
Ils répètent l'histoire aux parents, encore
tout endormis, et leur font signer
des papiers.

Tout va rentrer dans l'ordre, mais ils auront
une porte brisée à payer. Les parents sont confus,
ils ne savaient pas que leur fillette était sortie.

Les policiers partis, les parents tournent vers Martha leurs yeux fâchés. Mais la petite a bien réfléchi.

– Je sais, mes parents chéris, j'ai très mal agi. On ne sort pas la nuit, on ne fait pas de mauvais coups. On ne parle pas aux étrangers, même s'il s'agit d'un Bagou. Je vous demande pardon, de tout mon cœur !

Puis, regardant le Bagou, elle dit :

– Je te demande pardon à toi aussi. Plus jamais je ne laisserai tomber un ami.

Le Bagou lui sourit.

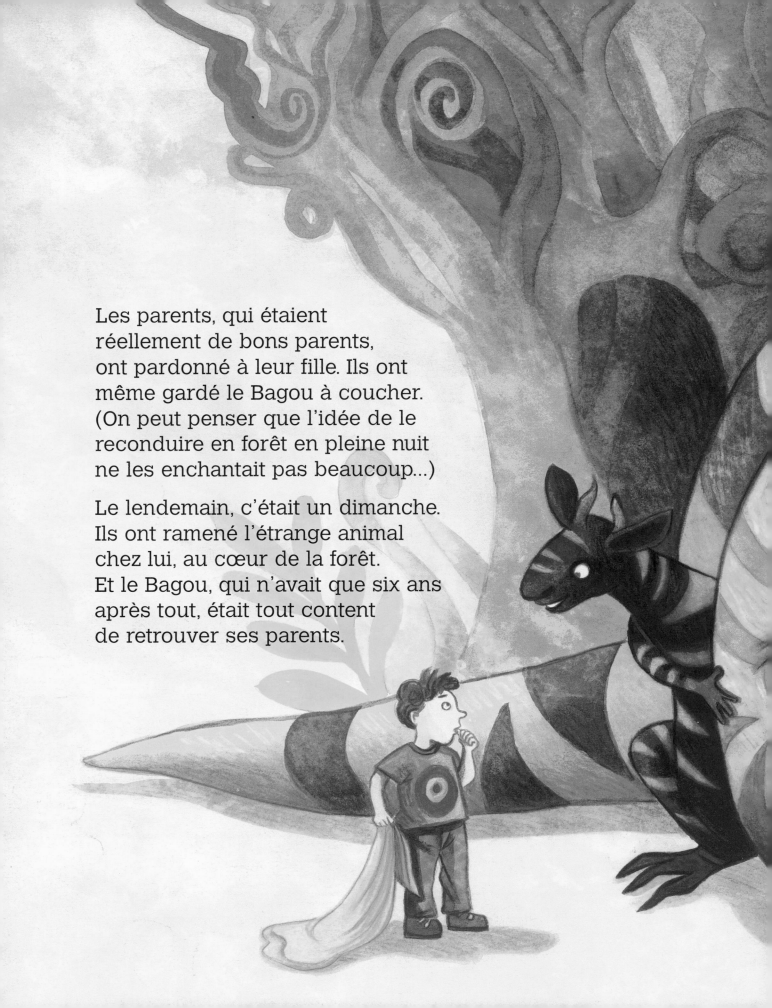

Les parents, qui étaient
réellement de bons parents,
ont pardonné à leur fille. Ils ont
même gardé le Bagou à coucher.
(On peut penser que l'idée de le
reconduire en forêt en pleine nuit
ne les enchantait pas beaucoup...)

Le lendemain, c'était un dimanche.
Ils ont ramené l'étrange animal
chez lui, au cœur de la forêt.
Et le Bagou, qui n'avait que six ans
après tout, était tout content
de retrouver ses parents.

Martha et le Bagou grandiront et se reverront
à l'occasion. Mais cette nuit d'été,
cette douce nuit de liberté, restera à jamais
l'une des plus belles de leur vie.

REJETÉ
DISCARD